AF124191

www.ingramcontent.com/pod-product-compliance
Lightning Source LLC
LaVergne TN
LVHW010417070526
838199LV00064B/5331
* 9 7 8 9 3 5 8 7 2 0 4 1 9 *

جنت سے زمین پر

(بچوں کی کہانی)

مصنف:

ابنِ احمد قرنی

© Taemeer Publications

Jannat se Zameen par

by: Ibn-e-Ahmad Qarni

Edition: May '2023

Publisher & Printer:

Taemeer Publications, Hyderabad.

ISBN 978-93-5872-041-9

مصنف یا ناشر کی پیشگی اجازت کے بغیر اس کتاب کا کوئی بھی حصہ کسی بھی شکل میں بشمول ویب سائٹ پر
اَپ لوڈنگ کے لیے استعمال نہ کیا جائے۔ نیز اس کتاب پر کسی بھی قسم کے تنازع کو نمٹانے کا اختیار
صرف حیدرآباد (تلنگانہ) کی عدلیہ کو ہوگا۔

© تعمیر پبلی کیشنز

کتاب	:	**جنت سے زمین پر**
مصنف	:	**ابنِ احمد قرنی**
صنف	:	ادب اطفال
ناشر	:	تعمیر پبلی کیشنز (حیدرآباد، انڈیا)
زیرِ اہتمام	:	تعمیر ویب ڈیولپمنٹ، حیدرآباد
سالِ اشاعت	:	۲۰۲۳ء
تعداد	:	(پرنٹ آن ڈیمانڈ)
طابع	:	تعمیر پبلی کیشنز، حیدرآباد -۲۴
صفحات	:	۴۲
سرورق ڈیزائن	:	تعمیر ویب ڈیزائن

بِسْمِ اللّٰہِ الرَّحْمٰنِ الرَّحِیْمِ

یہ کہانیاں!

بعض بچّوں کو بارہ مسالے کی چاٹ کھانے کی لت پڑ جاتی ہے۔ اِس سے اُنہیں دم بھر کے لیے زبان کا چٹخارا تو ضرور مل جاتا ہے مگر اِس کے بعد کیا ہوتا ہے؟ سینے میں جلن پیدا ہو جاتی ہے۔ گلا پھول جاتا ہے۔ زبان منہ سے باہر نکل پڑتی ہے۔ آنکھوں سے پانی بہنے لگتا ہے۔ اور دماغ مارے چھینکوں کے تل پٹ ہو جاتا ہے۔ ایسے بچّے زبان کے چٹخارے کی خاطر اپنی آنکھوں، اپنے معدے اور اپنے دل اور دماغ کا ستیاناس کر لیتے ہیں۔

جِنّ بھوتوں اور دیو پریوں کی کہانیوں کا حال بھی بارہ مسالے کی چاٹ، کا سا ہے۔ جن بچّوں کو ایسی کہانیوں کا چسکا پڑ جاتا ہے، وہ راتوں کو ڈراؤنے خواب دیکھتے ہیں اور دن کو خیالی پلاؤ پکاتے ہیں اور شیخ چلّی کے سے منصوبے باندھتے ہیں۔ آپ جانتے ہیں کہ شیخ چلّی کسے کہتے ہیں؟ شیخ چلّی کے معنے ہیں: احمقوں کا سردار۔ ہونہار بچّوں کو تو شیخ چلّی کی پرچھائیوں سے بھی بچنا چاہیے۔

یہ کہانیاں جنّوں بھوتوں یا دیو پریوں کی کہانیاں نہیں ہیں۔ یہ انسانوں کی کہانیاں ہیں۔ جیتے جاگتے انسانوں کی سچّی کہانیاں۔ اُن انسانوں کی کہانیاں جو ہماری تمہاری طرح اِسی زمین پر آباد رہے۔

ان کہانیوں میں آپ کو دو قسم کے انسان ملیں گے:

ایک[1]، خدا کے فرمانبردار بندے، جو خود بھی نیکی کی راہ پر چلے، اور دوسروں کو بھی اُسی راہ پر چلانے کی کوشش کرتے رہے۔ جو شیطان کی چالوں سے ہر وقت چوکنے رہے، اور اگر کبھی بھول چوک میں خدا کی نافرمانی کر بیٹھے تو اپنی غلطی معلوم ہونے پر فوراً اپنے رب کی طرف پلٹ آئے۔ اُنہی لوگوں کی بدولت ایمان کا نُور پھیلا۔ اِسلام کا چمن شاداب ہوا اور دنیا میں عدل و انصاف کا دَور دَورہ ہوا۔

دوسرے[2]، گندے اور ناپاک انسان، جو خدا کی بندگی سے منہ موڑ کر شیطان کی راہ پر چلے، اور جو لوگ خدا کے راستے پر چل رہے تھے اُنہیں بہکانے کی کوشش میں لگے رہے۔ اُنہی لوگوں کی وجہ سے دنیا میں بدکاریاں پھیلیں اور خدا کی زمین ظلم اور فساد سے بھر گئی۔ اُنہی کی نحوست سے دنیا والوں پر تباہی اور بربادی آئی۔

اِن کہانیوں کو پڑھنے کے بعد آپ کے سامنے یہ سوال آپ سے آپ آجائے گا کہ آپ اِن دو قسم کے انسانوں میں سے کن کے پیچھے چلیں۔ آپ کی زندگی کے بناؤ اور بگاڑ کا دار و مدار اِسی سوال کے جواب پر ہے۔ جو جیسا کرے گا ویسا بھرے گا۔

خدا کرے کہ آپ کی سمجھ بوجھ آپ کا ساتھ دے تاکہ آپ صحیح فیصلہ کر سکیں اور پھر اپنے فیصلے پر جمے رہیں۔

ابنِ احمد قرنی

بِسْمِ اللّٰهِ الرَّحْمٰنِ الرَّحِيْمِ

جنّت سے زمین پر

طارق نے گھر کے اندر قدم رکھا ہی تھا کہ کوثر دوڑ کر اُس کے پاس پہنچی اور کہا: "بھائی جان، جلدی آئیے۔ دیر ہو رہی ہے۔ سب آپ کی راہ دیکھ رہے ہیں۔"

طارق۔ کہاں کی تیاریاں ہیں؟"

کوثر۔ ابّا جان ایک کہانی سُنانے والے ہیں!

طارق۔ سچ سچ کہو۔

کوثر۔ میری بات کا یقین نہ ہو تو آپا جان سے پوچھ لیجیے۔

اِتنے میں زاہدہ بھی کمرے سے نکل کر صحن میں آ گئی۔ اور بولی: "ٹھیک نو بجے کہانی شروع ہو جائے گی۔ صرف پانچ منٹ باقی ہیں۔"

سب بھائی بہن خوشی خوشی ابا جان کے کمرے میں داخل ہوئے اور بڑے ادب سے کرسیوں پر بیٹھ گئے۔ جونہی گھڑی نے نو بجائے، کوثر بولی

"ابا جان،

والد۔ ہاں، ابھی کہانی شروع ہوتی ہے۔ مگر پہلے ایک بات تو بتایئے۔

کوثر۔ کیا؟

والد۔ دنیا کی کُل آبادی کتنی ہو گی؟

کوثر نے طارق کی طرف دیکھا۔ طارق سمجھ گیا اور بولا: ابا جان، صحیح تعداد تو شاید ہی کسی کو معلوم ہو، مگر اندازہ لگایا گیا ہے کہ دنیا کی کُل آبادی پانچ ارب سے اوپر ہے۔

کوثر۔ اور ہندوستان کی کُل آبادی کتنی ہو گی؟
زاہدہ۔ پورے ملک ہندوستان کی آبادی ۸۵ کروڑ سے زیادہ بتائی جاتی ہے۔

والد۔ دیکھو بیٹیا، دنیا کے سب انسان ایک ہی ماں باپ کی اولاد ہیں۔ کیا تمہیں یہ بات معلوم ہے؟
زاہدہ۔ ابّا جان، یہ کیسے ہو سکتا ہے۔ کوئی مسلمان ہے، کوئی ہندو۔ کوئی عیسائی ہے، کوئی یہودی۔ کوئی امریکہ میں رہتا ہے تو کوئی افریقہ میں آباد ہے۔ کوئی ایشیا کا رہنے والا ہے تو کوئی یورپ کا باشندہ ہے۔ یہ سب لوگ ایک ہی ماں باپ کی اولاد کیسے ہو گئے؟
طارق۔ ابّا جان، کیا افریقہ کے حبشی، افغانستان کے پٹھان، عرب کے بدّو اور بھارت کے قبائل وغیرہ، سب ایک ہی ماں باپ کی اولاد ہیں؟

والد۔ بے شک۔ دیکھیے دنیا ہمیشہ اسی طرح آباد نہیں رہی جس طرح آج کل ہے کہ اس کے چپے چپے پر اِنسان آباد ہیں۔ اللہ تعالیٰ نے پہلے ایک مرد اور ایک عورت کو پیدا کر کے زمین پر بسایا تھا۔ اُنہی دونوں سے اور اُن دونوں کی اولاد سے وہ سب اِنسان پیدا ہوئے جو آج کل دنیا میں آباد ہیں یا اِس سے پہلے آباد رہے ہیں۔

طارق۔ ابّا جان، پھر اِن کے رنگ رُوپ، اِن کی شکل و صورت اور اِن کی زبانیں ایک دوسرے سے الگ کیسے ہو گئیں؟

زاہدہ۔ بھائی جان، یہ تو بڑی سیدھی سی بات ہے، شروع میں یہ لوگ تعداد میں تھوڑے ہوں گے اور ایک ہی علاقے میں آباد ہوں گے۔ اُس زمانے میں اِن کا رنگ، اِن کی

شکل و صورت اور اِن کی زبان ایک ہی ہو گی۔ مگر آہستہ آہستہ جب آبادی بڑھی تو وہ زمین پر چاروں طرف پھیل گئے اور ایک دوسرے سے دُور الگ الگ ملکوں میں آباد ہو گئے ۔ ایک دوسرے سے جُدا ہو جانے کی وجہ سے اُن کی زبانیں بھی مختلف ہو گئیں ، اُن کے لباس بھی ایک دوسرے سے الگ ہو گئے ، اور جگہ جگہ کی آب و ہوا نے اُن کے رنگ رُوپ بھی تبدیل کر دیئے۔

کوثر۔ ابّا جان : کہانی شروع کیجیے نا۔

والد۔ بیٹا ، کہانی تو شروع ہو چکی ۔ میں یہ بتا رہا تھا کہ دُنیا میں آج کل جو کروڑوں اِنسان آباد ہیں ، یہ سب ایک ہی باپ دادا کی اولاد ہیں ۔ اللہ تعالیٰ نے سب سے پہلے

ایک مرد اور ایک عورت کو پیدا کیا۔ دُنیا کے سب لوگوں کی نسل اُنہی سے چلی۔ پہلے سب انسان ایک ہی جگہ رہتے تھے، ایک ہی زبان بولتے تھے، اور اُن سب کا مذہب بھی ایک ہی تھا.....

طارق۔ ابّا جان، اُن کا مذہب کیا تھا؟

والد۔ اِسلام، جو دنیا کا سب سے پہلا اور سچّا مذہب ہے۔

طارق۔ ہم تو یہ سمجھ رہے تھے کہ اِسلام، آج سے کوئی چودہ سَو سال پہلے، عرب میں ہمارے پیارے رسُول، حضرت محمّد (صلّی اللہ علیہ وسلّم) نے شروع کیا تھا.

والد۔ بیٹا، ہمارے رسول (صلّی اللہ علیہ وسلّم) تو اللہ تعالیٰ کے آخری رسول ہیں۔ اُن سے پہلے اور بہت سے رسول آئے۔ ہر رسول لوگوں

کو اِسلام .ہی کی تعلیم دینے آیا تھا۔ اِسلام کا مطلب کیا ہے ؟ اللہ تعالیٰ کی فرماں برداری اور اُس کے رسولؐ کی پیروی ۔گویا ہر رسول کی اُمّت مسلمان تھی۔

ہاں، تو مَیں یہ بتا رہا تھا کہ اِبتدا میں دُنیا کے لوگوں کے درمیان کوئی اِختلاف تھا۔ مگر جُوں جُوں اُن کی تعداد بڑھتی گئی ، وہ زمین پر پھیلتے گئے اور مختلف قوموں اور قبیلوں میں بٹ گئے ۔ اب اُن کی زبانیں ،اُن کے لباس ، اُن کے رنگ رُوپ اور اُن کے رہنے سہنے کے طور طریقے الگ الگ ہو گئے۔

کیا آپ کو معلوم ہے کہ اللہ تعالیٰ نے سب سے پہلے کِس اِنسان کو پیدا کِیا تھا ؟

کوثر۔ یہ بات بھلا کس کو معلوم نہیں؟ باوا آدمؑ کو پیدا کیا تھا۔

والد۔ آج میں آپ کو اُنھی کی کہانی سناؤں گا۔

اللہ تعالیٰ نے زمین اور آسمان بنائے۔ زمین میں طرح طرح کی چیزیں پیدا کیں۔ آسمانوں کو چاند، سورج اور ستاروں سے سجایا۔ اور پھر اللہ تعالیٰ کے فرمان کے مطابق فرشتے زمین کے انتظام میں لگ گئے۔

زاہدہ۔ ابّا جان، فرِشتے کیا ہوتے ہیں؟

والد۔ دنیا ایک عظیم سلطنت ہے۔ اِس سلطنت کا بادشاہ اللہ تعالیٰ ہے۔ جس طرح دنیا کے بادشاہ اپنی حکومت کے مُختلِف محکموں کا کام مختلف عہدے داروں کے سپرد کر دیتے ہیں۔ کوئی فوج کا انتظام کرتا ہے۔ کوئی مُلک کے اندر امن و امان قائم کرنے کا ذمّہ دار ہوتا

ہے - کوئی عدالتوں کی نگرانی کرتا ہے کسی کے سپرد تعلیم کا محکمہ ہوتا ہے ، کسی کے سپرد خوراک کا محکمہ - اور کوئی عام لوگوں کی صحت کی دیکھ بھال کرتا ہے اللہ تعالےٰ اپنی اِس عظیم سلطنت کے اِنتظام میں جس مخلوق سے کام لیتا ہے ، اُنھیں فرشتے کہتے ہیں - فرشتے گویا اللہ تعالےٰ کی سلطنت کے بڑے بڑے عہدے دار ہیں ، جو اُس کے فرمان کے مطابق ہر وقت کام میں لگے رہتے ہیں - ہر فرشتے کے ذمّے کوئی خاص کام ہے -

اِنھی فرشتوں میں ایک جبرائیل ہیں ، جن کے ذریعے اللہ تعالیٰ اپنے پیغمبروں پر وحی بھیجتا ہے کچھ فرشتے ایسے بھی ہیں جو ہر وقت ہمارے ساتھ لگے رہتے ہیں

ہماری ہر اچھی بُری بات کو دیکھتے اور لکھتے رہتے ہیں۔ اُن کے پاس ہر شخص کا اعمال نامہ، یعنی زندگی کا پُورا حساب، موجود رہتا ہے۔ قیامت کے روز ہر شخص کا اُعمال نامہ اُس کے ہاتھ میں دے دیا جائے گا۔ جس کے اُعمال اچھے ہوں گے، وہ جنّت میں جائے گا۔ اور جس کا اُعمال نامہ گناہوں کی وجہ سے سیاہ ہو گا، اُسے دوزخ کی آگ میں جھونک دیا جائے گا۔

طارق۔ ابّا جان، کیا ہمارے ساتھ بھی اِس قسم کے فرشتے لگے ہوئے ہیں؟

والد۔ کیوں نہیں۔ ہر شخص کے ساتھ لگے ہوئے ہیں۔

طارق۔ پھر تو ہمیں پھُونک پھُونک کر قدم اُٹھانا چاہیئے۔ ہم تو چوری چھپے شرارتیں کر لیا کرتے

ہیں۔ لیکن جب فرشتے سائے کی طرح ہر وقت ساتھ لگے ہوتے ہیں تو ہماری چوری کیسے چھپی رہ سکتی ہے؟

کوثر، کان کھول کر سُن لو، ابا جان نے کیا کہا ہے۔

کوثر۔ اچھے ابا جان، کہانی۔

والد۔ ہاں، تو زمین اور آسمانوں کو پیدا کرنے کے بعد اللہ تعالیٰ نے فرشتوں سے کہا کہ "میں ایک نئی مخلوق پیدا کر کے اُسے زمین میں بسا رہا ہوں۔ میں اُس سے کہوں گا کہ وہ میری مرضی کے مطابق دُنیا کے انتظام کو درست رکھے۔ مگر اُسے کسی حد تک اپنی مرضی پر چلنے کی آزادی بھی دی جائے گی"۔

فرشتوں نے یہ بات سُنی تو حیرت میں رہ گئے۔ اُن کے دل میں خیال پیدا ہوا

کہ اگر اُس نئی مخلوق کو اپنی مرضی پر چلنے کی آزادی مل گئی تو دنیا کے اِنتظام میں ضرور خرابی پیدا ہو گی۔ چنانچہ اُنھوں نے اللہ تعالیٰ کے حضور میں عرض کیا کہ "اگر ایسا کیا گیا تو ہمارے خیال میں زمین کا انتظام بگڑ جائے گا۔ آئے دن لوٹ مار کا بازار گرم رہے گا۔ خون خرابے ہوں گے، اور زندگی وبال ہو جائے گی۔ ہم آپ کے فرماں بردار غلام ہیں۔ آپ کے حکم کے مطابق کام میں لگے رہتے ہیں، اور سارے جہان کو پاک صاف رکھتے ہیں۔ ہماری سمجھ میں نہیں آ رہا کہ اُس نئی مخلوق کو پیدا کرنے اور زمین پر بسانے کی کیا ضرورت ہے۔"

زاہدہ۔ ابّا جان، آپ تو کہہ رہے تھے کہ فرشتے اللہ تعالےٰ کے فرماں بردار بندے ہیں۔ پھر

اُنھوں نے اللہ میاں پر اِعتراض کرنے کی جرائت
کیسے کی ؟

والد۔ بیٹا ، یہ اعتراض نہ تھا ۔ فرشتوں کی کیا مجال
جو اللہ تعالےٰ پر اعتراض کریں ۔ اُن کی سمجھ
میں یہ بات نہیں آ رہی تھی کہ ایک آزاد
مخلوق کے ہوتے ہوتے دُنیا کا انتظام خرابی
سے کیسے بچ سکتا ہے ۔ اِسی بات کو وہ
سمجھنا چاہتے تھے ۔ یہ ایک سوال تھا ، اِعتراض
ہرگز نہ تھا ۔

زاہدہ ۔ اللہ میاں نے اِس سوال کا کیا جواب
دیا ؟

والد۔ اللہ تعالیٰ نے فرمایا : "اِس نئی مخلوق کو پیدا
کرنے میں ایک مصلحت ہے ، جسے مَیں ہی
جانتا ہوں ۔ تم نہیں جانتے ۔"

یہ سُن کر فرشتے خاموش ہو گئے ۔

اب اللہ تعالیٰ نے اُس نئی مخلوق یعنی آدمؑ کو پیدا کیا، اور اُنھیں دنیا کی ساری چیزوں کے نام بتا دیئے، اور یہ بھی بتا دیا کہ کون سی چیز کس کام آئے گی۔

اِس کے بعد اللہ تعالیٰ نے وہ سب چیزیں فرشتوں کے سامنے رکھیں اور فرمایا: "ذرا اِن چیزوں کے نام تو بتاؤ۔"

فرشتوں نے عرض کیا: "پروردگار، ہم تو بس اُتنا ہی علم رکھتے ہیں جتنا آپ نے ہم کو دیا ہے۔ جب ان چیزوں کے نام اور کام آپ نے ہمیں بتائے ہی نہیں، تو ہم اِن کے بارے میں کیا بتا سکتے ہیں؟ آپ کی ذات بے عیب ہے۔ آپ کا کوئی کام حکمت سے خالی نہیں ہو سکتا۔ اِس مخلوق کے پیدا کرنے اور زمین میں بسانے میں بھی ضرور کوئی حکمت ہو گی۔"

طارق۔ ابا جان، کیا فرشتوں کا علم حضرت آدمؑ کے مقابلے میں کم تھا؟

والد۔ اللہ تعالیٰ نے اگرچہ فرشتوں کو بھی دُنیا کی چیزوں کا علم دیا ہے، لیکن شاید اُن کو ہر چیز کا علم نہیں ملا، بلکہ اُن کا علم اپنے اپنے محکمے کے متعلق ہے۔ مثال کے طور پر یوں سمجھ لیجیے کہ جو فرشتے ہوا کا انتظام کرتے ہیں، وہ ہوا کے بارے میں تو سب کچھ جانتے ہوں گے، مگر خوراک کے بارے میں شاید کچھ نہ جانتے ہوں یہی حال دوسرے فرشتوں کا ہو گا۔ مگر حضرت آدمؑ کو اللہ تعالیٰ نے سب چیزوں کا تھوڑا تھوڑا علم دیا تھا، اِس لیے اُن کا علم فرشتوں کے علم سے زیادہ وسیع تھا۔

جب فرشتے اُن چیزوں کے نام نہ بتا سکے تو اللہ تعالیٰ نے آدمؑ سے کہا: "تم اِنھیں اِن

چیزوں کے نام بتاؤ۔"

آدمؑ نے اُن سب چیزوں کے نام بتا دیے۔

اِس طرح اللہ تعالیٰ نے فرشتوں کو یہ بتا دیا کہ "مَیں اِنسان کو عمل کی آزادی کے ساتھ ساتھ علم بھی دے رہا ہوں۔ بے شک انسان اپنی آزادی کو غلط طریقے پر اِستعمال کر کے دنیا میں فساد بھی برپا کر سکتا ہے، لیکن اگر اُس نے ہمارے دیئے ہوئے علم سے فائدہ اٹھایا اور ہماری مرضی کے مطابق کام کیا تو وہ دنیا کو نیکی اور بھلائی سے بھر دے گا، اور اُسے بہشت کا نمونہ بنا دے گا۔"

زاہدہ۔ ابّا جان، آج کل تو اِنسان اپنی آزادی کو غلط طریقے پر استعمال کر رہا ہے۔

طارق۔ یہی وجہ ہے کہ ہر طرف فتنہ اور فساد کی آگ

بھڑک رہی ہے۔ اِنسان اِنسان کا دشمن ہے۔ ایک قوم دوسری قوم کو تباہ کرنے پر تُلی ہوئی ہے۔ سازِشیں ہو رہی ہیں۔ آئے دن قوموں کے درمیان خوف ناک جنگیں ہوتی ہیں۔ اور دنیا بہشت کے بجائے دوزخ کا نمونہ بن کر رہ گئی ہے۔

والد۔ اِنسان کی بدنصیبی ہے کہ وہ خدا کے دیئے ہوئے علم سے فائدہ نہیں اُٹھا رہا، بلکہ اپنی من مانی کر رہا ہے۔ یہی ساری خرابی کی جڑ ہے۔ اگر لوگ اللّٰہ کے حکم پر چلنے لگیں تو دنیا کی ساری مصیبتیں ختم ہو جائیں۔

کوثر۔ ابّا جان، جب حضرت آدمؑ فرشتوں کو اُن چیزوں کے نام بتا چکے تو پھر کیا ہوا؟

والد۔ اِس کے بعد اللّٰہ تعالیٰ نے فرشتوں کو حکم دیا کہ آدمؑ کے آگے جُھک جاؤ۔

زاہدہ۔ اِس کا کیا مقصد تھا؟

والد۔ میں اس سے پہلے بتا چکا ہوں کہ فرشتے اللہ تعالیٰ کی عظیم الشّان سلطنت کے عہدے دار ہیں۔ اب اللہ تعالیٰ اپنی اِس سلطنت کے اندر اِنسان کو آباد کر رہا تھا اور اُسے ایک حد تک اپنی مرضی کے مطابق کام کرنے کی آزادی بھی دے رہا تھا۔ اِس لیے وہ فرشتوں کو بتانا چاہتا تھا کہ اِنسان کے ساتھ کیسا برتاؤ کیا جائے۔ چنانچہ اُس نے حکم دیا کہ اِنسان کو خدا کی دی ہوئی آزادی سے فائدہ اُٹھانے کا موقع دیا جائے۔ وہ نیکی کرنا چاہے تو اُس کے لیے نیکی کرنے کی سہولتیں پیدا کی جائیں اور اگر وہ کوئی بُرا کام کرنا چاہے تو بھی فرشتے اُس کا راستہ نہ روکیں بلکہ اُسے اُس کے حال پر چھوڑ دیں۔

طارق۔ ابّا جان، اِس کے بعد کیا ہوا؟

والد۔ اللہ تعالیٰ کے حکم سے فرشتے آدم کے آگے جُھک گئے ۔ مگر اِبلیس نے آدم کے آگے جُھکنے سے اِنکار کر دیا۔

طارق ۔ ابّا جان ، اِبلیس کون تھا ؟ کیا وہ بھی کوئی فرشتہ تھا ؟

والد۔ نہیں ۔ اِبلیس کسی فرشتے کا نام نہیں ۔ فرشتے تو خدا کے فرماں بردار بندے ہیں ۔ اُن کی کیا مجال کہ خدا تعالیٰ کے حکم سے مُنہ موڑیں ۔ اِبلیس ایک جِنّ کا نام ہے ۔ اُسی کو شیطان بھی کہتے ہیں ۔

کوثر۔ ابّا جان ، وُہی جس کے نام پر ہم لَاحَوْلَ وَلَا پڑھتے ہیں اور لعنت بھیجتے ہیں ؟

والد۔ ہاں ۔

طارق۔ ابّا جان ، اِبلیس نے حضرت آدمؑ کو سجدہ کرنے سے کیوں انکار کیا ؟

والد۔ اُس نے کہا کہ "آدم کو مٹی سے پیدا کیا گیا ہے اور مجھے آگ سے پیدا کیا گیا ہے۔ اِس لیے میرا مرتبہ آدم سے اُونچا ہے، مَیں اِسے سجدہ نہیں کروں گا۔"

زاہدہ۔ یہ تو بڑی بے وقوفی کی بات ہے۔

والد۔ بیٹا، اِس زمانے میں بھی بہت سے ایسے لوگ ہیں جو اِبلیس کی طرح اپنے رنگ روپ اور ذات برادری پر اِتراتے ہیں، اور اپنے کو دوسروں سے اُونچا سمجھتے ہیں مگر یہ بڑا غلط خیال ہے۔ آدمی کی بڑائی اُس کے رنگ یا خاندان یا ذات کی وجہ سے نہیں ہوتی بلکہ اُس کے اَخلاق اور اَعمال کی وجہ سے ہوتی ہے۔ جس کے اَخلاق اور اَعمال اچھے ہیں، وہ اُونچا اور عزّت والا ہے۔ اور جس کے اَخلاق اور اَعمال بُرے ہیں، وہ نیچا اور ذلیل ہے۔ کیا

نیکوکار حبشی، بدکار گورے سے بہتر نہیں ہوتا؟
طارق۔ ابّا جان، آج کل تو نسل، رنگ، زبان اور علاقے کی بُنیاد پر جتھا بندی ہو رہی ہے۔ پاکستان میں بھی یہ وبا پھیل رہی ہے۔
والد۔ بیٹا، اِسلام اِس قسم کی جتھابندی کو مٹا دینا چاہتا ہے۔ اِسلام لوگوں کو ایک خدا کی بندگی اور نیکوکاری کی طرف بُلاتا ہے اِسلام کی نگاہ میں اِنسانوں کی دو ہی جماعتیں ہونی چاہیئیں۔ ایک اِسلام اور ایمان کے حامیوں کی جماعت۔ دوسری کُفر اور گمراہی کے حمایتیوں کی جماعت اِسلام اور ایمان کے حامیوں کو چاہیئے کہ متّحِد ہو کر کُفر اور گمراہی کو مٹانے کی کوشش کریں، اپنی صفوں میں اِنتشار نہ پیدا ہونے دیں، اور نہ کافروں کے ساتھ ساز باز رکھیں۔ جو شخص مسلمانوں کو نسل، رنگ اور علاقے کی بنیاد پر مختلف

گروہوں میں تقسیم کر کے اُن کے درمیان پھوٹ ڈالنے کی کوشش کرتا ہے اور انھیں ایک دوسرے کے خلاف نفرت دشمنی اور عداوت پر اُکساتا ہے اِسلام اور مسلمانوں کا دشمن ہے۔ مسلمانوں کو چاہیئے کہ ایسے لوگوں کو اپنے اندر پنپنے کا موقع نہ دیں۔

طارق۔ ابّا جان، اللہ تعالیٰ نے اِبلیس کی بات کا کیا جواب دیا؟

والد۔ اِبلیس کا بے جا گھمنڈ اللہ تعالیٰ کو پسند نہ آیا۔ اِس لیے اُس نے اِبلیس کو دُھتکار دیا اور کہا کہ "دُور ہو جا، ذلیل اور کمینے! تجھ پر قیامت تک پھٹکار رہے گی!"

مگر اِبلیس پھر بھی اپنی غلطی پر پشیمان نہ ہوا، بلکہ اپنی شرارتوں کو جاری رکھنے

کے لیے اُس نے ایک زبردست منصوبہ بنایا۔
زاہدہ۔ وہ منصوبہ کیا تھا، ابّا جان؟
والد: اس نے اللہ تعالیٰ کی جناب میں عرض کی "پروردگار، کیا آدم اِس قابل ہے کہ تُو اِسے مجھ پر فضیلت دے؟ اچھا، اب مجھے قیامت تک زِندگی کی مُہلت دے۔"

اللہ تعالیٰ نے اِس کی درخواست منظور کر لی، اور فرمایا: "اچھا، تم قیامت تک زندہ رہو گے۔"

اِس پر وہ بولا کہ "آدم کی وجہ سے مجھ پر لعنت اور پھٹکار پڑی ہے میں اُس سے اِس کا بدلہ لے کر رہوں گا۔ میں اُسے اور اُس کی اولاد کو بہکانے کے لیے پُورا زور لگاؤں گا۔ میں اُن کی گھات میں

بیٹھوں گا۔ پھر سامنے سے، پیچھے سے، دائیں اور بائیں سے آکر اُن کو سبز باغ دکھاؤں گا اور اُنھیں تیری سیدھی راہ سے ہٹا کر گمراہی کے راستے پر ڈالوں گا۔"

اللہ تعالیٰ نے فرمایا: "جو جیسا کرے گا ویسا بھرے گا۔ جو شخص تیرے کہے میں آکر ہماری نافرمانی کرے گا، وہ بھی تیرے ساتھ دوزخ کی آگ کا ایندھن بنے گا میرے نیک بندے کبھی بھی تیرے بہکائے میں نہیں آئیں گے۔ میں اُنھیں تیری شرارتوں سے بچاتا رہوں گا۔"

طارق۔ اِس کے بعد حضرت آدمؑ کو زمین میں آباد کر دیا گیا؟

والد۔ نہیں۔ آدمؑ کو پیدا کرنے کے بعد اللہ تعالیٰ نے اُن کی بیوی حوّا کو پیدا کیا۔ زمین پر

بھیجنے سے پہلے کچھ عرصے تک اُن دونوں کو جنّت میں رکھّا اور کہا: "یہاں فراغت سے رہو۔ اور جو چاہو، کھاؤ۔" مگر ایک خاص درخت کی طرف اِشارہ کر کے فرمایا: "دیکھو، اُس درخت کے قریب بھی نہ جانا، ورنہ ظالموں میں شمار ہوگے۔"

طارق۔ ابّا جان، وہ کون سا درخت تھا؟

والد۔ یہ بات تو اللہ تعالیٰ کے سوا کسی کو معلوم نہیں۔

طارق۔ ابّا جان، سُنا ہے کہ وہ گیہوں کا پودا تھا۔

والد۔ یہ سب اٹکل کے تیر ہیں۔ اصل حال خدا تعالیٰ ہی کو معلوم ہے۔

زاہدہ۔ اُس درخت میں ایسی کیا خرابی تھی کہ اُس کے قریب جانے سے منع کر دیا گیا؟

والد۔ ضروری نہیں کہ اُس درخت میں کوئی خرابی ہی ہو۔ اصل میں اللہ تعالیٰ یہ دیکھنا چاہتا تھا کہ آدم

اور حوّا میرے حکم کی پیروی کرتے ہیں یا اپنی خواہش کے پیچھے چلتے ہیں۔ بلکہ صحیح بات تو یہ ہے کہ اللہ تعالیٰ آدم اور حوّا اور اُن کی اولاد کو زندگی کا سب سے ضروری سبق سکھانا چاہتا تھا۔

زاہدہ۔ وہ سبق کیا تھا؟

والد۔ ابھی ذرا سی دیر میں معلوم ہو جائے گا۔

ہاں، تو اِبلیس آدم سے بدلہ لینا چاہتا تھا اور موقع کی تاک میں تھا۔ چنانچہ اُس نے آدم اور حوّا سے کہا: "جانتے ہو اللہ تعالیٰ نے تمھیں اُس درخت کا پھل کھانے سے کیوں منع کر دیا ہے؟" پھر خود ہی اِن کا یہ جواب بھی دے دیا کہ اگر تم اُس درخت کا پھل کھا لو گے تو فرشتے بن جاؤ گے اور ہمیشہ ہمیشہ زندہ رہو گے۔ اللہ تعالیٰ نے اسی وجہ سے تمھیں اس کا پھل کھانے سے روک دیا ہے۔ میری بات مانو اور اُس

درخت کا پھل ضرور کھاؤ تاکہ ہمیشہ ہمیشہ جنت میں رہ کر آرام اور اطمینان کی زندگی بسر کر سکو۔ دیکھو، میں تمہارا سچا ہمدرد اور خیر خواہ ہوں۔ تمہارا دشمن نہیں ہوں۔"

ابلیس نے ایسی چکنی چپڑی باتیں کیں کہ آدم اور حوّا اُس کی باتوں میں آ گئے اور اُنھوں نے اُس درخت کا پھل کھا لیا۔

طارق۔ ابّا جان، ہم نے تو سُن رکھا ہے کہ شیطان نے حضرت حوّا کو بہکایا اور حضرت حوّا نے حضرت آدمؑ کو پُھسلا کر اُس درخت کا پھل کھانے پر آمادہ کیا۔ کیا یہ بات درست ہے؟

والد۔ نہیں بیٹا، یہ بات درست نہیں۔ آدم اور حوّا دونوں ہی کو شیطان نے بہکایا، اُس مکّار کی باتوں میں آ کر دونوں نے دھوکا کھایا اور خدا کی نافرمانی کی۔

زاہدہ - ابّا جان ، بھائی جان تو جب کبھی ہم سے بگڑ جاتے ہیں ، ہمیں حوّا کی بیٹیاں، کہہ کر چڑاتے ہیں - آج معلوم ہوا کہ لوگ امّاں حوّا کو ناحق بدنام کرتے ہیں۔ اور پھر اُن کی وجہ سے تمام عورتوں کو خواہ مخواہ مکّار اور گُھنّیاں کہتے ہیں۔

والد۔ یہ بڑی زیادتی کی بات ہے - اس معاملے میں تو آدم اور حوّا دونوں برابر ہیں - دونوں شیطان کے بہکائے میں آ گئے اور دونوں نے خدا کی نافرمانی کی۔

زاہدہ - بھائی جان ، خوب کان کھول کر سُن لیجیے - ابّا جان ، اس کے بعد کیا ہوا ؟

والد ۔جب آدم اور حوّا نے اُس درخت کا پھل کھا لیا تو یکایک، ان کی حالت غیر ہو گئی ۔جنّت کا لباس اُن کے بدن سے اُتر گیا ۔جب اُنھوں نے دیکھا کہ وہ ننگے ہیں تو پریشان ہو کر جلدی جلدی درختوں کے پتّوں،

سے اپنے بدن کو ڈھانکنے لگے ۔ اب اُن کے لیے جنّت میں وقت گزارنا مشکل ہو گیا ۔ ایسا لگتا تھا کہ جنّت کی آب وہوا اُن کی طبیعت کے موافق نہیں رہی ۔

اللہ تعالیٰ نے اُن کی اِس پریشانی اور گھبراہٹ کو دیکھ کر فرمایا : " اِسی لیے تو میں نے تمہیں اُس درخت کا پھل کھانے سے منع کر دیا تھا اور تمہیں بتا دیا تھا کہ شیطان تمہارا کُھلا دُشمن ہے ، اُس سے ہوشیار رہنا ۔ مگر تم اُس سے دھوکا کھا گئے اور اُسے اپنا دوست اور خیر خواہ سمجھ لیا ۔ اب تم جنّت میں نہیں ٹھہر سکتے ۔ زمین پر اُتر جاؤ ۔

طارق ۔شیطان نے تو کہا تھا کہ اگر تم اُس درخت کا پھل کھا لو گے تو فرشتے بن جاؤ گے ، اور ہمیشہ ہمیشہ زندہ رہو گے ۔ کیا یہ سب جھوٹ تھا ؟

والد ۔ اور کیا. تمام شیطان اِسی طرح سبز باغ دکھا کر انسان

کو اللہ تعالیٰ کی فرماں برداری کے راستے سے ہٹاتا ہے، اور گمراہی اور تباہی کی راہ پر ڈال دیتا ہے۔

زاہدہ۔ ابّا جان، حضرت آدم اللہ تعالیٰ کے سامنے شیطان کی شرارت اور مکّاری کا حال بیان کر دیتے تو معلوم ہو جاتا کہ وہ بے گناہ ہیں۔

والد۔ پھر اُن میں اور شیطان میں کیا فرق رہ جاتا۔ شیطان نے بھی تو یہی کیا تھا۔ خدا کی نافرمانی کے بعد پشیمان ہو کر معافی نہ مانگی بلکہ اپنے آپ کو بے گناہ ثابت کرنے کے لیے باتیں ملانے لگا۔

آدم کو جونہی اپنی غلطی کا احساس ہوُا، بے حد پشیمان ہوئے۔ اب آدم اور حوّا بے چین تھے کہ کسی طرح اللہ تعالیٰ سے اپنی خطا معاف کرائیں، مگر اُن کی سمجھ میں نہیں آتا تھا کہ کِن الفاظ میں خدا تعالیٰ سے معافی کی درخواست کریں۔

اللہ تعالیٰ نے اُن کی بے بسی پر رحم فرما کر اُنھیں دُعا

سکھائی :

رَبَّنَا ظَلَمْنَا اَنْفُسَنَا وَ اِنْ لَّمْ تَغْفِرْلَنَا وَ تَرْحَمْنَا
لَنَكُوْنَنَّ مِنَ الْخٰسِرِيْنَ -

کوثر۔ ابّا جان، اس کا اُردو میں ترجمہ کر کے بتایئے

والد۔ اِس دُعا کا اُردو ترجمہ یہ ہے :

"اے ہمارے پروردگار، ہم نے خود اپنے اوپر ظلم کیا۔ اور اگر تُو نے ہمارا قصور معاف نہ کیا اور ہم پر رحم نہ فرمایا تو ہم برباد ہو جائیں گے۔"

چناں چہ آدم اور حوّا نے اِن الفاظ میں توبہ کی۔ اللہ تعالیٰ نے اُن کی توبہ قبول فرما لی اور بھول چوک کی وجہ سے گناہ کا جو دھبّہ اُن کے دامن پر لگ گیا تھا، اُسے دھو ڈالا۔

اِس واقعہ سے یہ سبق مِلتا ہے کہ آدمی کو جونہی

اپنی غلطی کا علم ہو جائے ، فوراً خدا تعالیٰ کے حضور میں سچے دل سے ، نہایت عاجزی کے ساتھ ، توبہ کر کے اپنے قصور کی معافی مانگے ۔ سچی توبہ اللہ تعالیٰ ضرور قبول فرماتا ہے ۔

کوثر۔ کہانی ختم ہو گئی ؟

والد۔ نہیں ابھی تھوڑی سی باقی ہے ۔

اللہ تعالیٰ نے آدم اور حوّا کی توبہ قبول فرمانے کے بعد انھیں زمین پر بھیج دیا ۔

زاہدہ ۔ لیکن ، ابّا جان ، آپ تو کہہ رہے تھے کہ اللہ تعالیٰ نے آدم اور حوّا کا قصور معاف کر دیا تھا ۔ پھر اُنھیں زمین پر کیوں بھیجا ؟

والد۔ شاید تم بھول گئیں ۔ اللہ تعالیٰ نے آدم اور حوّا کو تو پیدا ہی اِس لیے کیا تھا کہ وہ اور اُن کی اولاد زمین پر آباد ہو کر یہیں گزر بسر کریں ۔ جنّت میں تو اُنھیں چند روز کے لیے ٹھہرایا گیا تھا ۔

وہاں آدم اور حوّا نے شیطان کے بہکاوے میں آکر اللہ تعالیٰ کی نافرمانی کی۔ یہ بہت بڑا گناہ ہے۔ مگر آدم اور حوّا اپنی غلطی پر پشیمان ہوئے اور سچے دل سے اللہ تعالیٰ کے حضور میں توبہ کی۔ اللہ تعالیٰ نے اُن کی توبہ قبول فرما لی۔ اس طرح وہ اُس گناہ کی سزا سے بچ گئے۔

جب اللہ تعالیٰ نے آدم اور حوّا کو زمین پر بھیجا تو فرمایا: "تمھیں ایک خاص مدّت تک زمین پر زندگی بسر کرنی ہو گی۔ مگر شیطان کی شرارتوں سے ہوشیار رہنا۔ وہ تمھارا کھُلا دشمن ہے اور تمھیں ہماری فرماں برداری کے راستے سے ہٹا کر تباہی کی راہ پر ڈالنے کی کوشش کرتا رہے گا۔ تم بھی اُسے اپنا دشمن سمجھنا۔ اُس کی چکنی چپڑی باتوں میں آکر اُسے اپنا دوست نہ بنا لینا۔"

اللہ تعالیٰ نے یہ بھی فرمایا کہ "مَیں تمھاری رہنمائی

کے لیے ہدایتیں بھیجتا رہوں گا ۔ جو لوگ میری ہدایتوں کی پیروی کریں گے ، اُن کے لیے کسی خوف اور رنج کا اندیشہ نہیں ۔ مگر جو اُن ہدایتوں کو قبول کرنے سے انکار کریں گے ، اُنھیں دوزخ کی آگ میں ڈالا جائے گا اور وہ ہمیشہ اُسی کے اندر رہیں گے ۔"

آدم اور حوّا زمین پر آباد ہو گئے ، اور اُن کی نسل بڑھنے لگی ۔ اللّٰہ تعالیٰ نے اپنے وعدے کے مطابق حضرت آدم (عَلَیْہِ السَّلام) کو نبوّت عطا کی ، "تاکہ وہ خود بھی اللّٰہ تعالیٰ کی مرضی کے مطابق زندگی بسر کریں ، اور اپنی اولاد کو بھی اللّٰہ تعالیٰ کی ہدایتوں پر عمل کرنے کی تاکید کریں ۔ آپ جب تک زندہ رہے ، پوری کوشش سے اپنی اولاد کو اسلام کی تعلیم دیتے رہے ، اور اللّٰہ تعالیٰ کی فرماں برداری کرنے اور اُس کی نافرمانی سے بچنے کی نصیحت کرتے رہے ۔

زاہدہ ۔ ابّا جان ، دنیا تو مُصیبتوں کا گھر ہے ۔ کیا اچھا

ہوتا کہ اللہ میاں حضرت آدم اور اماں حوا کو جنت ہی میں آباد کر دیتے۔ اگر ایسا ہو جاتا تو آج ہم بھی بہشت کی نعمتوں کا لطف اٹھا رہے ہوتے۔

والد۔ بیٹا، انسان اللہ تعالیٰ کی مخلوق میں سب سے اعلیٰ اور اشرف ہے، اس لیے اس کے مرتبے کے لحاظ سے اس کے لیے جنت ہی مناسب اور موزوں جگہ ہے۔ مگر اسے کام بھی تو اپنے مرتبے کے مطابق کرنے چاہییں۔ دنیا کی زندگی چند روزہ ہے، جو لوگ اس زندگی میں اللہ کے فرمان بردار بن کر رہیں گے، اللہ تعالیٰ کا وعدہ ہے کہ وہ انہیں جنت میں آباد کرے گا، جہاں وہ ہمیشہ ہمیشہ رہیں گے۔ مگر جو شیطان کے پیچھے لگ کر اللہ تعالیٰ کی نافرمانی کرتے رہیں گے، وہ مرنے کے بعد بھی جنت سے محروم رہیں گے اور دوزخ کی بھڑکتی ہوئی آگ کا ایندھن بنیں گے۔

زاہدہ اور طارق۔ ہم تو اپنی کھوئی ہوئی جنّت کو دوبارہ حاصل کرنے کی کوشش کریں گے۔

والد۔ ارے! کوثر تو سو گئیں!

زاہدہ۔ ابّا جان، وہ تو نِندیا پور پہنچ گئیں اور وہاں جنّت کے مزے لُوٹ رہی ہوں گی۔

والد۔ آج کی کہانی ختم ہوئی۔ اب اپنے اپنے بستر جا کر سو جائیے۔